Javier Esteban González Andújar

ANTEMERIDIANO

Cuentos en una noche extraña

2ª Edición

**FINALES
CERRADOS**
ediciones

González Andújar, Javier Esteban
   Antemeridiano : cuentos en una noche extraña . - 2a ed. -
Buenos Aires : Finales Cerrados, 2012.

   ISBN 978-987-27773-1-9

   1. Narrativa Argentina. 2. Cuentos. I. Título
   CDD A863

Antemeridiano
Cuentos en una noche extraña

Finales Cerrados Ediciones
finalescerrados.blogspot.com

Imagen de tapa y diseño interior: Javier Esteban González
Andújar

2a Edición

ISBN Nº 978-987-27773-1-9

Queda hecho el depósito que establece la Ley 11.723.

Libro de edición Argentina

«Ya no sé quién dijo, una vez, hablando de la posible definición de la poesía, que la poesía es eso que se queda afuera, cuando hemos terminado de definir la poesía. Creo que esa misma definición podría aplicarse a lo fantástico, de modo que, en vez de buscar una definición preceptiva de lo que es lo fantástico, en la literatura o fuera de ella, yo pienso que es mejor que cada uno de ustedes, como lo hago yo mismo, consulte su propio mundo interior, sus propias vivencias, y se plantee personalmente el problema de esas situaciones, de esas irrupciones, de esas llamadas coincidencias en que de golpe nuestra inteligencia y nuestra sensibilidad tienen la impresión de que las leyes, a que obedecemos habitualmente, no se cumplen del todo o se están cumpliendo de una manera parcial, o están dando su lugar a una

excepción».

Julio **F**lorencio **C**ortázar

Son sueños extraños estos que se presentan en noches sin dormir.

Javier

El pacto Drago

Dicen que el aburrimiento atormenta a los hombres, que produce el pensamiento al vacío, que los lleva por caminos de reflexiones sinuosas. Pocos lugares son tan propicios para las construcciones mentales etéreas; como la mesa de un bar, sobre todo si el vino abunda y, más aún, cuando afuera está oscuro y se impone el frío. Y ése era el caso aquella noche en el bar de la calle Drago.

Pocos parroquianos recordaban un invierno tan inclemente, y eso que en el Bar Drago no faltaban memoriosos. El doctor Espinosa llegó tarde, y más tarde todavía llegó su compadre, el notario Santillán. Como era costumbre, tomaron la mesa que da al ventanal. En la barra atendía Manuel, el dueño. Los clientes que todavía quedaban en otras mesas estaban a punto de marcharse.

Por gracia de los caprichos que tiene el discurrir de las ideas ociosas, una charla que había empezado con carpintería desembocó luego en la muerte (como todo). Pronto la conversación pasó a tener como tema central el más allá y la vida perdurable. Y por último, el doctor Espinosa y el notario Santillán, se encontraban ya divagando sobre mesmerismo, necromancia y bultos que se menean.

Manuel también se había incorporado a la charla, ya que aquélla era la única mesa ocupada en el bar.

Las posiciones estaban divididas. Manuel creía fervientemente en la vida eterna, el notario Santillán no podía concebir que alguien se entregara a ideas tan infantiles y el doctor Espinosa sólo tenía dudas.

La conversación, aceitada con la fluidez del vino tinto, se extendió por unas dos largas horas. Cada uno defendió su posición con cualquier recurso que tuvo a la mano: sentido común, citas literarias y pasajes bíblicos fueron las armas preferidas.

El doctor Espinosa se había mantenido al margen de la discusión la mayor parte del tiempo, escuchando con atención la vehemente disputa que los otros dos hombres llevaban adelante. Cuando finalmente la charla parecía concluida sin haber llegado a ningún acuerdo, el Doctor decidió intervenir: «¿Saben qué, caballeros? No tenemos por qué quedarnos con esta duda. Esta misma incertidumbre sobre la continuidad de la existencia ha atormentado a los hombres durante miles de años. Pero nosotros somos hijos del nuevo siglo, hijos del progreso, y la tecnología en nuestras manos es poderosa —el Doctor alzó una mano y señaló un fonógrafo que se encontraba a un costado sobre la barra—, sólo debemos tener la determinación para usarla».

Ante la mirada estupefacta de sus distinguidos interlocutores, Espinosa continuó explicando: «Si perdura la sustancia después de la muerte, ésta tiene que tener algún reflejo en el mundo de los vivos. Un difunto debería retener cierto grado de control sobre la materia. Hace algunos años leí sobre este tema en una gaceta de poca difusión que cayó en mi poder. El escritor de este artículo era un tal señor Lesage, un supuesto discípulo del mismísimo Hippolyte Léon Denizard Rivail, más conocido como Allan Kardec. Lo que se postulaba en aquel boletín era que los espíritus carecen de poder físico para intervenir en nuestro mundo, sólo pueden movilizar a su voluntad pequeños corpúsculos de éter produciendo así débiles susurros. Estos lánguidos rumores sólo son escuchados por los animales y por médiums, que no son más que personas de oído especialmente agudo. Yo creo que estos susurros deberían poder captarse usando un mecanismo tan fino como el fonógrafo».

Al principio, el doctor Espinosa sólo obtuvo silencio de sus compañeros. Santillán lo miraba desconcertado, no esperaba escuchar semejantes palabras de un hombre de tantas luces.

Pero era difícil desacreditar aquella suposición de Espinosa. La única forma de demostrar su falsedad era por el absurdo. Manuel fue el primero que se dio cuenta de este detalle, y por eso rompió el silencio con esta frase: «Como yo lo veo es simple. Sólo hay una forma de comprobar esto: que el primero de nosotros en morir siga a los otros dos hasta este mismo bar y deje plasmada su voz en aquel fonógrafo».

Esta propuesta fue tomada por el doctor Espinosa, quien luego la enunció en forma de pacto, un acuerdo de palabra entre caballeros. Y los tres hombres se comprometieron en cuerpo y sustancia, si es que tal instancia puede ser comprometida. No lo hicieron por el bien de la ciencia, ni por el progreso, sino para satisfacer su propia curiosidad. El pacto se cerró entre humo de cigarros, con apretones de manos y un trago de caña quemada.

El tiempo pasó al ritmo en que desfilan las alegrías y las penas: rápido. Los tres del pacto siguieron viéndose regularmente, pero nunca volvieron a mencionar el asunto. Aquello quedó como lo que en realidad fue: una promesa de borrachos sin importancia.

Cinco años se fueron de esta forma, y Santillán, el notario, cayó gravemente enfermo. Los doctores le diagnosticaron tuberculosis y lo internaron en el Hospital Tornú, que se encontraba en una zona convenientemente deshabitada para evitar contagios. Allí Santillán estuvo aislado seis meses. El tratamiento más efectivo para tratar la tuberculosis era la Terapia Climatológica, y el Notario se sometió a ella. Pero, a pesar de todas las tardes que pasó al sol, finalmente falleció.

Su muerte fue una inesperada causa de reunión para Espinosa y Manuel, ya que ambos asistieron a su entierro. El día nublado parecía querer acompañar a la viuda en su luto.

La caravana iba encabezada por una negra carroza con penachos, arrastrada por una yunta de caballos color azabache, lustrados y engalanados con ornamentas de cuero y bronce. Subidos al pescante se hallaban el conductor y el lacayo, vistiendo galera, levita y guantes blancos. Los caballos, ya habituados a aquel derrotero, mansamente se dirigían al camposanto. En segundo lugar se encontraban dos carrozas más, con los deudos, y más atrás viajaba el resto de los dolientes en varios sulkis.

Manuel y el Doctor Espinosa viajaron juntos. Iban en silencio al iniciar el trayecto y apenas cruzaron algunas miradas cómplices. Cerca del final del camino, casi llegando al cementerio, el silencio fue roto.

—Antes de que diga usted algo, Doctor —dijo Manuel en voz baja—, sepa que no voy a faltarle el respeto a un difunto por una ridícula promesa entre borrachos.

—Me alegra que haya sacado el tema usted, porque yo no sabía cómo hacerlo —respondió Espinosa—. No creo que sea una falta de respeto. El asunto es que tenemos un pacto, y no voy a ser yo quien lo rompa. Porque un hombre respetable siempre mantiene su palabra. Sé muy bien que Santillán también era un hombre respetable, y honrará su palabra si es que sigue siéndolo en estas condiciones —Espinosa señaló con la cabeza hacia la carroza—. ¿Honrará usted también la palabra empeñada, señor?

Manuel se mostró dubitativo por un instante. En aquel momento la caravana estaba ya atravesando la puerta del cementerio.

—Éste no es lugar para tener esta charla —respondió Manuel—. Venga esta noche al bar, allí hablaremos.

Los dos hombres abandonaron el tílburi y marcharon siguiendo al féretro.

Ese día fue triste, triste y raro. El Bar Drago no abrió por primera vez en muchos años. Las cortinas estaban bajas y un pequeño letrero que colgaba de la puerta decía «Cerrado por duelo».

Ya por la noche, el Doctor Espinosa se acercó hasta el establecimiento. Miró entre las cortinas y percibió una luz tenue que provenía del interior. Entonces se aproximó a la puerta y golpeó dos veces. Luego de un breve instante, Manuel lo dejó entrar. Por su aspecto era obvio que el barman había estado tomando, probablemente toda la tarde. Una botella de vino abierta sobre una de las mesas confirmaba esta suposición.

Había cierta tensión en el aire. Hubo muy pocas palabras aquella noche. La extraña visión del salón del bar completamente vacío acentuaba aún más aquel silencio. Los dos hombres parecían un poco nerviosos, incluso las manos de Manuel por momentos temblaban. Después de todo, él era un verdadero creyente y tenía sus reservas sobre este pacto.

Manuel le arrimó un vaso de vino al Doctor, éste se lo tomó de un trago. Una vez que dejó el vaso sobre la mesa preguntó:

—¿Está lista la máquina?

—Sí, está lista —respondió Manuel.

—Muy bien, entonces hagamos lo que vinimos a hacer aquí.

Sobre el estaño se encontraba el fonógrafo, ingenio maravilloso que permite a los hombres escuchar su propia voz. Ya tenía un cilindro de cera virgen colocado. Si alguna vez usaron uno de estos artificios, sabrán que se vale de un gran cono y una membrana con una aguja para grabar sonidos sobre el cilindro. El mecanismo debía ser girado a mano valiéndose de una manivela. En vista de los constantes temblores de su compañero, Espinosa decidió hacerse cargo de la operación del aparato.

Antes de empezar, y ya con la mano en la manija, dijo: «Santillán, donde sea que se encuentre, si me puede escuchar... ya sabe».

Fue una cosa bastante simple. Ambos guardaron el más estricto silencio. El Doctor tomó la manivela y la giró a una velocidad constante por aproximadamente dos minutos, ya que ése era el tiempo máximo de grabación que permitía aquel cilindro. Espinosa no pudo evitar sentirse un poco estúpido por un momento: allí estaban parados los dos grabando la nada con toda solemnidad.

Volvieron nuevamente la aguja hasta la posición inicial del cilindro y conectaron los auriculares para poder escuchar en detalle. Estos auriculares no eran más que una manguera de goma que se bifurcaba en dos para llevar el sonido hasta los oídos, similar a un estetoscopio. Cada uno tomo un extremo; lo compartieron para poder escuchar al mismo tiempo.

No se oía nada, excepto por una especie de fritura, que era en realidad un ruido de fondo, propio del aparato.

Casi un minuto había pasado de esta manera. Manuel estaba notablemente aliviado; el doctor Espinosa también estaba aliviado pero de forma menos ostensible. Después de todo, parecía ser mejor así; nadie se embarca en una empresa con estas características para obtener resultados.

Pero la grabación siguió corriendo y el alivio que reflejaban las caras de aquellos dos hombres se volvió espanto. Una voz se escuchó débilmente, apenas un susurro, pero ahí estaba; era la voz del difunto Santillán. Sólo se escuchaban fragmentos mezclados entre la fritura de la grabación.

«...estoy encerrado, encerrado sin cadenas, ni paredes... en... eternamente... nos equivocamos... para advertirles... no le corresponde saber al hombre... no le corresponde comprometer su alma... no le pertenece... todos debemos pagar... ».

La grabación terminaba con un horripilante alarido que heló la sangre de los dos que lo escucharon. Por momentos se percibía de fondo otra voz, un leve murmullo constante hablado en una lengua desconocida. Parecía que el notario Santillán no estaba solo, y más aún, parecía que alguien le estuviera dictando qué decir. Espinosa se percató de esto: «No está solo —dijo—, y ciertamente no está en el cielo».

La historia se vuelve un poco confusa a partir de este punto. Algunos piensan que Espinosa y Manuel, conociendo su destino de condenados, intentaron torcerlo alejándose para siempre del Bar Drago y de la ciudad. Pero yo sé lo que en verdad pasó, yo sé que el diablo se los llevó aquella misma noche. Lo sé porque me lo contaron los médiums del pasaje Darquier, y ellos conocen la historia de la fuente más directa. Crean lo que quieran, lo cierto es que ya nadie volvió a verlos y el Bar Drago nunca jamás volvió a abrir.

Sobre el destino del cilindro de cera, la única grabación existente de un alma condenada, se sabe que pasó de mano en mano durante años en círculos ocultistas. Muchos hombres han pagado fortunas e incluso han matado para poseerlo. Actualmente forma parte de la colección Sarbú, pero esa es otra historia que tal vez les cuente en alguna otra ocasión.

BRISAS Y SOMBRAS

PRIMER PREMIO en el *I Concurso Internacional de Relato Corto y Poesía Caños Dorados*, organizado por la *Asociación Cultural Los Caños Dorados de Fernán Núñez*, Córdoba, España.

—La cena estuvo maravillosa, Ángela. Hacía años que no comía salmón, tendré que venir más seguido —dijo Cortez con una sonrisa.

—Gracias, es una receta de mi madre —respondió la señora de la casa.

La sobremesa recién había terminado y en la sala de estar se encontraban el Doctor Cortez y los anfitriones: Augusto Vivar y su esposa Ángela. Augusto era un empresario textil relativamente exitoso, además tenía intereses en otros rubros como los bienes raíces y la ganadería. Cortez era antropólogo, había completado su doctorado y luego había estudiado teología. Para sobrevivir vendía artículos a revistas de divulgación nacionales y extranjeras. Sus ingresos eran escasos y llevaba una vida muy austera, esto siempre era motivo de crítica por parte de Augusto, que pensaba que su amigo había malgastado el tiempo en una carrera inútil y mal paga.

—Si me disculpan voy a retirarme —prosiguió Ángela—, mañana tengo que levantarme temprano para llevar los niños al colegio. Buenas noches.

Los dos hombres le respondieron un "buenas noches" a dúo y quedaron solos en la sala. Augusto sirvió un par de vasos de whisky. Ya eran pasadas las doce.

Cortez estaba mirando por la ventana, se había quedado anonadado con aquella postal, era un piso veinte y las luces de la ciudad daban un gran espectáculo allá abajo. Augusto estaba hundido en su sillón preferido.

—Entonces Cortez: ¿Cómo estuvo el viaje por Europa? ¿Qué es lo que fuiste a hacer? Todavía no me has contado nada.

—El viaje realmente valió la pena. Hice una investigación sobre las sectas europeas actuales. Siguiendo los rastros de estos grupos recorrí diez países, empecé en Inglaterra y terminé en Rumania. Es emocionante ver el caldero de ideas que hierve bajo la superficie tranquila. Cuando esto explote nuevas religiones van a tomar forma, se va a producir una revolución espiritual, posiblemente violenta, y las creencias de gran parte de la población podrían cambiar. He aprendido mucho y he visto cosas increíbles. Además no me costó un centavo, todos los gastos fueron pagados por Quantum, la revista alemana.

—Que por supuesto se quedó con tu investigación —retrucó Augusto—. Ya te he dicho que podría conseguirte un trabajo en mis oficinas, ganarías más por mes que lo que ganás en un año escribiendo tus historias. ¿No te das cuenta que no estas recibiendo nada a cambio? No te pagan porque a nadie le importan ya las creencias. ¿Por qué malgastás tu tiempo con esas estupideces?

—¿Otra vez esta conversación? –preguntó Cortez, molesto.

—Sólo quiero que te des cuenta de cómo son las cosas. Estamos en el siglo veintiuno, hemos progresado desde el Medioevo, ya no necesitamos magia para explicar todo. La atención esta puesta en otro lugar ahora.

—Claro, tu posición es comprensible: «Como tengo un teléfono que entra en mi bolsillo, las creencias que la humanidad tuvo por milenios ya no valen nada.» No te confundas, hay televisores y computadoras —Cortez señalaba estos objetos en la sala mientras los mencionaba—, hay máquinas, pero también hay otras cosas. Sólo un ignorante puede creer que la ciencia basta para explicar esta realidad. Un científico sabe bien que sólo está haciendo una mímica, copiando y poniendo nombre a algunos fenómenos para obtener una graciosa monería.

—No puedo creer lo que estas diciendo. ¿Tan obstinado sos?

—Y yo no puedo creer cuán ciego estás. Hay todo un mundo sobrenatural moviéndose a tu alrededor, y nunca lo has visto, ni siquiera una vez. Tu problema es el ruido, toda esta interferencia artificial no te deja ver. Es como cuando estas tratando de corregir un problema matemático, no vas a encontrar la solución correcta hasta que tomes una hoja en blanco y dejes todas las ideas anteriores atrás. La hoja en blanco aporta claridad y yo voy a proporcionarte una para que puedas ver claro. Es una noche oscura —dijo el Doctor mirando hacia afuera—, así que intentemos algo.

Cortez se levantó de su sillón y apagó la televisión, que estaba prendida con el volumen bajo, luego fue hasta el interruptor de luz y la apagó también. Ahora la amplia sala estaba casi completamente a oscuras, salvo por un leve resplandor que se colaba desde afuera. Augusto seguía sentado en su sillón favorito de una plaza que se encontraba frente a la ventana, delante de él y a la izquierda estaba el sillón más grande donde Cortez volvió a sentarse en ese momento.

—¿Cuál es el objeto de todo esto? —preguntó Augusto un poco molesto.

—Es sólo para que podamos continuar nuestra charla sin distracciones. Estarás de acuerdo conmigo en pensar que cuando no hay luz no parece ser tanto lo que nos separa del Medioevo, ¿no?

Augusto se empezaba a sentir un poco incómodo en aquella situación.

—Hay cosas que si bien no son tangibles, son innegables —continuó diciendo Cortez—. Por ejemplo, la tendencia espiritual del ser humano, la existencia del bien y del mal...

—De la existencia del mal nadie duda —interrumpió Augusto—, eso lo comprueba cualquiera que vea el noticiero.

—Cuando hablo del mal no me refiero a lo que sale en las noticias. Un robo, un asesinato o una violación son el acto de un delincuente o un loco, pero no son el mal.

—¿Y entonces qué es el mal, Cortez? —preguntó Augusto.

—El mal es algo más oscuro y organizado... es indescriptible. Tendrías que estar frente a él para comprenderlo, su sola presencia produce el más profundo horror, a diferencia del noticiero que sólo podrá generar indignación en todo caso.

—Es como algo... difícil de creer —remató Augusto sarcásticamente.

—Un dato curioso que hay que tener en cuenta es el del miedo —siguió diciendo Cortez impasible—. Hay miedos que todos tenemos incorporados por naturaleza, por ejemplo, si al recorrer un bosque se cruza en tu camino un lobo, vas a tener miedo, y es bueno que lo tengas porque esa es la forma natural de avisarte que hay peligro, que esa criatura podría matarte. Pero hay otro miedo natural incluso más profundo, en realidad más que miedo es terror. Cuando estás solo en tu cuarto en medio de la oscuridad y sientes una presencia, sabés muy bien que no es un lobo, es más, sabés específicamente que no es una presencia terrenal. ¿Por qué este miedo a lo sobrenatural? ¿Si el miedo señala peligro, entonces significa esto que hay algunas presencias sobrenaturales peligrosas que podrían hacernos daño?

Augusto no dijo una palabra. Toda aquella charlatanería lo estaba poniendo un poco nervioso. De repente no se sentía seguro en la oscuridad, miraba fijamente una cortina que había sido movida levemente por la brisa.

—Sabés exactamente de qué terror estoy hablando. ¿Sentís la presencia? Mirá el rincón oscuro de la derecha —indicó Cortez en voz baja—. Disimulá. Detrás de la cortina, no fue el viento lo que la movió; ahí está.

Augusto miró profundamente el rincón y le pareció ver un leve indicio de una silueta. Si bien no podía asegurar que alguien o algo estuviera ahí, su corazón se aceleró y empezó a transpirar a pesar del frío de la noche.

—¿Lo ves? —preguntó Cortez. Está ahí quieto, mirándonos… Ahora está trepando lentamente, creo que ha notado que lo vimos; se dirige al techo. Repta como un demonio oriental.

Augusto seguía sin emitir palabra. Al levantar un poco la vista pudo ver por un momento un claro movimiento, algo subió pesadamente por la pared y estaba ahora en el techo. Parecía ser grande como un hombre.

—Ahora, mi amigo, estás en una mala posición, fuiste abandonado detrás de las líneas enemigas, en terreno espiritual. ¿Dónde está la ciencia en este momento? Si es tan inteligente como aparenta, debe estar escondida debajo de la piedra más grande que encontró.

La criatura continuó con su aletargado movimiento por el techo, se dirigía lentamente hacia Augusto.

—No lo mires fijamente, pero tampoco lo pierdas de vista —recomendó Cortez.

Augusto a esta altura estaba bañado en su propio sudor, respiraba rápidamente y por la boca. Trataba de no mirar demasiado a la cosa, y estaba aferrado con ambas manos a los apoya brazos del sillón, sus dedos estaban blancos por hacer tanta fuerza. Aquello seguía avanzando por el techo, estaba ahora sobre la cabeza de Augusto. El pobre hombre levantó la vista un momento y pudo ver lo que creyó que eran un par de ojos con un débil fulgor verde devolviéndole la mirada.

—¡TE dije que no lo veas! —gritó Cortez—. Te está acechando, pero no es un lobo, no quiere alimentarse de tu carne. Quiere tu mente, intenta enloquecerte para dominar tu voluntad.

Augusto recordó que a su derecha había una lámpara de pie. Bajó la cabeza y cerró los ojos a la vez que intentaba alcanzar el interruptor de aquella lámpara tanteando en la oscuridad con la mano derecha. La criatura siguió avanzando por el techo y se posicionó detrás de él.

Se escuchó un ruido, como un golpe, a espaldas de Augusto, podía ser algo que se cayó de la mesa… tal vez un portazo… o podía ser la cosa bajando del techo. Augusto tanteaba con movimientos frenéticos en busca de la tecla de la luz.

El hombre había empezado a sollozar ruidosamente como un niño. A sus espaldas se escuchaban unos débiles pasos. No podía dar con la lámpara y los pasos se acercaban irremediablemente. Así transcurrieron algunos segundos, hasta que fue demasiado tarde. Los pasos se detuvieron justo detrás de él, y sintió en la nuca algo que pudo ser una brisa o el aliento de aquella criatura. Milagrosamente en aquel momento las luces de la sala se encendieron, Cortez las había prendido. Augusto volteó la cabeza rápidamente, sólo para comprobar que no había nada allí.

—Se ha hecho un poco tarde —dijo Cortez, mirando su reloj como si nada hubiera pasado—, así que si me disculpás me voy a retirar.

Augusto, todavía jadeante, no respondió nada.

—¿Ves lo que te digo? La oscuridad puede hacerte ver las cosas de otra manera. Claro que ahora ya llegó la luz y podés empezar a racionalizar todo lo que pasó, y seguramente te darás cuenta de que te dejaste llevar por mis palabras y que algunas sombras oportunas y un poco de viento completaron el cuadro. Así de fácil podrás explicar esto, es otra victoria para el racionalismo... casi, pero algo falta... Te dije que no lo miraras fijamente, no sé cómo te vas a explicar la mirada de fuego verde. En fin, buenas noches y gracias por la exquisita cena. No te levantes, puedo salir solo.

Cortez se marchó y Augusto se quedó en su sillón despierto toda la noche, completamente inmóvil hasta que el sol salió.

La Antena

Cada vez éramos menos en el pueblo. Quedábamos tan sólo un par de cientos.

Geográficamente estamos aislados de otros poblados. Venado Tuerto, la ciudad más cercana, queda a unos cincuenta kilómetros. Las rutas no llegan hasta aquí, sólo un secundario camino provincial de tierra nos comunica con el resto del mundo. Desde que dejó de funcionar el tren, San Julián se fue muriendo de a poco, marchitándose como una planta sin agua. Todos fueron quedando sin trabajo. Primero cerró la Metlet, que era una importante metalúrgica y era también la mayor fuente de empleo; después fueron cayendo todos los comercios, uno tras otro. Los viejos estaban resignados. Los jóvenes que podían se mudaban a las ciudades para estudiar o simplemente para ganarse el pan, y ya nunca más volvían.

Me acuerdo que eran los primeros días del verano pasado. Carmelo había empezado a trabajar en el corralón de Don Emilio, cuidaba el lugar por las noches. Aquella noche había llevado una vieja radio para hacerse compañía. La emisora que manejaban los alumnos de la escuela tenía uno o dos programas durante el día y pasaba música toda la noche, fuera de eso no era posible sintonizar ninguna otra señal.

Aburrido de la misma música que se repetía una y otra vez, Carmelo decidió probar suerte recorriendo el dial, aunque sólo fuera para escuchar frituras y ruidos incomprensibles. Finalmente, luego de tres vueltas completas, su dedo se detuvo al escuchar música. Para su sorpresa, Carmelo había encontrado una nueva estación, y la señal se escuchaba limpia y nítida. La melodía le gustó, lástima que no pudo entender nada porque estaba cantada en un idioma extraño. Cuando la música terminó una locutora dijo: "Ese fue Daisuke Nagano, cantando su nuevo éxito: Jikan. Recordemos que Daisuke vendrá el 24 de febrero, en el marco de su gira mundial, a presentar su último disco en un recital que promete ser el espectáculo del año. Si todavía no tiene una entrada para el 24, llame ahora mismo; nos quedan cinco por sortear. Quédese en Radio La Voz, que ya volvemos con más de Los Veinte Principales".

Al día siguiente Carmelo pasó la noticia sobre la nueva radio y realmente fue toda una revolución en San Julián (casi cualquier cosa causa una revolución en este pueblo). Ese mismo día todos los vecinos estaban sintonizando la FM 104.5 y escuchaban atentamente aquellas nuevas voces.

Los días fueron pasando y empezamos a notar que había un inconveniente con esa radio. En realidad, hubo toda una serie de inconvenientes, o anomalías, que la gente del pueblo fue notando en aquella transmisión.

Para empezar, los habitantes mayores de San Julián recordaban que La Voz era efectivamente el nombre de una radio de Venado Tuerto; pero hacía ya más de veinte años que había dejado de transmitir. Otro punto extraño era la música: en algunos casos pasaban música nacional, mucha era de conjuntos que jamás habíamos escuchado nombrar; el resto de las canciones estaban cantadas en aquel idioma extraño.

Pero más allá de estos detalles, por lejos lo más desconcertante de todo eran los resúmenes de noticias: daban noticias locales, de Venado Tuerto y alrededores. Algunas veces nombraban a San Julián, pero parecía que estuvieran hablando de otro pueblo. De un pueblo diferente y mucho más grande, casi de una ciudad.

Una tarde anunciaron el descarrilamiento de un tren de cargas en las proximidades de la Estación San Julián... pero hacía décadas que un tren no circulaba por ese tramo. Hablaban sobre algunos gobernantes y algunas supuestas figuras públicas que nadie conocía.

En otra ocasión dieron la noticia de un accidente entre un camión y un automóvil en la ruta que va hacia el Este. Aquel anuncio sorprendió a todos, porque nunca existió una ruta con esa orientación. Pero lo que realmente llamó la atención fue el nombre de una de las víctimas mortales del accidente, aquella que conducía el automóvil. Su nombre era Adelfa Ramos. Adelfa Ramos existía, era una vecina del pueblo; pero no sólo no estaba muerta, sino que además no tenía un automóvil, nunca en su vida había tenido uno.

Otro dato curioso era el de la temperatura. La fecha y la hora que anunciaban siempre estaban correctas, pero la temperatura rara vez era la real. Casi siempre la que mencionaban en la radio era más baja.

Una tarde me contaron en el almacén que finalmente, gracias al aporte de Don Atilio, el idioma extraño había quedado identificado como japonés. En su juventud, antes de llegar al pueblo, Don Atilio había trabajado en una tintorería para un matrimonio de japoneses. Con ellos había aprendido algunos rudimentos del lenguaje. Por otra parte, luego de un análisis más detallado de aquellas transmisiones, a Don Atilio le pareció que no sólo las canciones estaban en japonés. Los locutores también usaban, mientras hablaban y de manera totalmente casual, algunas expresiones japonesas tales como hai o daijoubu y otras que no pudo reconocer.

Todo aquello parecía una gran burla. Los primeros sospechosos fueron los alumnos de la escuela, aquellos encargados de la radio local. Pero poco tardó en saberse que estaba muy lejos de sus capacidades una transmisión tan elaborada. Alguien de la Intendencia comentó este asunto de La Voz con la gente del Gobierno Provincial; y, de alguna manera, la noticia llegó hasta la Capital, porque desde allí vino, junto a su equipo, un tal Burian Sarbú, quien se identificó como Oficial de la Subsecretaría de Radiofrecuencias. Parece que aquello de ocupar frecuencias radiales sin permisos del Gobierno era un delito muy serio. Esta gente no se andaba con vueltas, incluso algunos de ellos estaban armados. El grupo se apiñó en la hostería de Doña Josefa, que con sus cuatro habitaciones era el único lugar en el pueblo donde podía alojarse un extraño. Hacía tiempo que no se veía un viajero. Últimamente la hostería sólo funcionaba como bar. Antes hubo un hotel en el pueblo, el Palacio; pero esas fueron otras épocas.

Al día siguiente de la llegada de los extraños, Doña Josefa me vino a buscar a mi casa: "Fabio —me dijo—, por qué no vas a hablar con esta gente de la Capital. Quieren salir para el lado de los pajonales y andan buscando un baquiano. Como sé que trabajaste años en esos campos, te recomendé". No estaba en condiciones de desperdiciar una posibilidad de trabajo. Esa misma tarde fui a la hostería, a hablar con los extraños. En la entrada tenían unas cuantas camionetas estacionadas. Al entrar al edificio me sorprendió ver la cantidad de equipos electrónicos que habían desplegado sobre las mesas. Me recibió el hombre que estaba a cargo de todo.

—Buenas tardes. Mi nombre es Burian Adrik Sarbú —se presentó—. Soy Oficial de la

Subsecretaría de Radiofrecuencias y este es mi equipo —algunos de los presentes saludaron con un gesto—. ¿Sabe por qué estamos aquí, Fabio?

—Sí, lo sé —respondí—, todo el pueblo lo sabe. Es por el asunto de La Voz.

—Exactamente. Alguien está transmitiendo de forma ilegal en una frecuencia que debería estar libre. En un mundo donde las comunicaciones son cada día más importantes, tenemos que demostrar que nos tomamos al pie de la letra y con toda seriedad las políticas de protección del espacio radioeléctrico. Puede ver que estamos grabando cada palabra que dicen esos ilegales —señaló a un hombre con auriculares que estaba operando un tablero cargado de botones y luces—. Esas grabaciones pueden ser eventualmente usadas como evidencia ante un juez. Por el momento determinamos que la señal no proviene del pueblo, pero no puede venir de muy lejos. Mañana un grupo va a peinar el campo. Si la fuente de la señal existe, la van a encontrar. Necesitamos que los guíe por la zona. ¿Acepta el trabajo?

Por supuesto que acepté el trabajo, lo acepté en el momento y sin pensar. Hacía meses que estaba desempleado y me ofrecieron una cantidad de dinero más que interesante.

—Usted va a viajar con el Capitán —dijo Sarbú presentándome a uno de los hombres—. Pero eso será mañana por la mañana. Hoy le agradecería que se quedara a responder algunas preguntas.

Así lo hice, respondí todas y cada una de las preguntas que me hizo una mujer rubia, una de las asistentes del Oficial Sarbú. Querían saber algunas cosas puntuales sobre la historia de San Julián, como cuándo había dejado de funcionar el tren, cuándo había cerrado la Metlet, cuánta gente se mudó del lugar, si algún foráneo había llegado en los últimos tiempos. También quería saber sobre la FM 104.5: cuándo nos percatamos de que existía esa transmisión, si todos los vecinos la escuchábamos, con quiénes fuera del pueblo habíamos comentado el asunto. Una vez que la mujer estuvo satisfecha con mis respuestas, me invitaron a cenar.

Noté que aquella gente no sólo hablaba español. A veces, entre ellos, usaban algunas palabras sueltas en otro idioma que no pude determinar, pero no era inglés. Basándome en mi habilidad recientemente adquirida para distinguir el japonés, pude determinar que tampoco se trataba de este idioma. Luego me fui a dormir a mi casa y no los volví a ver hasta la mañana siguiente.

Cuando llegué ya estaban listos y esperando en las camionetas. Yo jamás llego tarde cuando me citan y ese día no fue la excepción. El grupo estaba formado por tres camionetas de doble tracción, con dos ocupantes en cada una: un conductor y un acompañante. Los acompañantes operaban una especie de receptor de radio sofisticado. Yo me subí a la camioneta que conducía el Capitán, el acompañante se pasó al asiento de atrás.

Salimos del camino y empezamos a movernos a campo traviesa. Las tres camionetas iban una al lado de la otra, separadas entre sí por espacios de cien metros. La nuestra iba en el medio. "Avise a Sarbú que iniciamos la búsqueda", dijo el Capitán. El acompañante dio el aviso por radio.

Mi trabajo consistía en alertar sobre aquellas zonas del terreno que eran intransitables para las camionetas, e indicar cuáles eran los caminos más cortos para esquivar aquellas zonas. Los operadores se comunicaban constantemente entre sí, diciendo cifras que para mí no tenían ningún significado.

Nuestro operador indicaba cuál rumbo continuar y las otras dos camionetas nos seguían. Así estuvimos dando vueltas todo el día. Por suerte, aquella gente era tan precavida como para haber cargado bidones extra de combustible. Sé que en un momento perdieron la señal y estuvimos parados durante más de media hora, hasta que recuperaron el rastro. A veces, hacíamos giros de trescientos sesenta grados, volviendo sobre el camino que ya habíamos transitado. Aquello parecía una misión imposible, como si esa señal no saliera de ninguna parte, o como si estuviera en movimiento.

Finalmente, ya bien entrada la noche, nos acercamos a una arboleda. La rodeamos tres veces. Los operadores pensaban que habían aislado la fuente, querían que ingresáramos allí. "Con las camionetas va a ser imposible —le avisé al Capitán—. Es una arboleda muy tupida, tenemos que entrar a pie." La noche estaba cerrada. Afortunadamente, entre todas las cosas que llevaba esa gente también había linternas. Los operadores seguían usando sus receptores, mientras que los conductores portaban ahora fusiles automáticos. Me pareció que estaban exagerando un poco. No hacía falta tanto despliegue para atrapar a los responsables de una emisora furtiva.

"Abran bien los ojos —dijo el Capitán—. No sabemos qué hay ahí". Avanzamos paso a paso, el nerviosismo podía palparse en el grupo. Los tiradores avanzaban al frente. Los ruidos de los animales nocturnos no ayudaban a nuestros nervios; la fauna nocturna de aquella arboleda estaba revolucionada por nuestra presencia. Caminamos muy lentamente por unos diez minutos. Entonces uno de los operadores dijo en voz baja: "Cien metros en línea recta, confirmen". A lo que los otros dos contestaron casi al unísono: "Cien metros en línea recta, confirmado". Nos movimos todavía más lentamente. A unos cincuenta metros de distancia, el Capitán se puso en cuclillas y ordenó a los otros dos tiradores que flanquearan el punto por la derecha. Ninguno pudo ver nada. No parecía haber ni sospechosos ni una edificación en el lugar. No pudimos ver nada hasta que estuvimos a unos pasos de distancia; entonces el panorama estuvo más claro. "Llamen a Burian —ordenó el Capitán—, y avísenle que lo encontramos. Y que no hay Disidentes".

Lo que teníamos enfrente, totalmente tapada por algunos árboles y mezclada entre sus ramas, era una antena, una pequeña antena que no superaba la altura de las copas de aquellos árboles. "Sarbú ordena que inspeccionemos el lugar y preparemos un informe —indicó un operador—, que acampemos aquí y cuidemos la zona. Mañana llegará un equipo para tomar las medidas necesarias".

Los hombres armaron algunas carpas en el lugar. Luego inspeccionaron la antena y los equipos que se encontraban en la base, mientras el Capitán tomaba algunas notas en una libreta que guardaba en el bolsillo de su chaleco.

Al terminar con aquellos trámites, todos se fueron a dormir; excepto uno de los hombres que quedó vigilando el lugar. A cada hora rotaba la guardia. Yo, mientras tanto, seguía haciéndome el dormido. Ni bien percibí una distracción del vigía, salí de mi carpa. Era mi posibilidad para entender qué estaba pasando. Me arrastré hasta la carpa donde dormía el Capitán y saqué del bolsillo de su chaleco la libreta en la que había estado escribiendo. Tapando parcialmente la linterna con la palma de mi mano conseguí tener suficiente luz para leer, pero no tanta como para atraer la atención de los que estaban fuera de la carpa. Conseguí copiar aquellas anotaciones, porque no eran muy extensas. Luego escuché un ruido a mis espaldas que me asustó, así que salí de ahí. Volví arrastrándome hasta mi carpa y me dormí.

Al otro día llegaron dos helicópteros y varias camionetas más. Montaron un puesto permanente en el lugar. Dijeron que tenían que mantenerlo vigilado por si los delincuentes decidían volver. También dijeron que seguirían grabando la señal, para usarla como prueba. Además, instalaron algunas antenas extras fuera de la arboleda para bloquear la señal ilegal, evitando así que llegue al pueblo.

A mí me acompañaron gentilmente hasta mi casa, me pagaron y nunca más supe de esa gente.

Nunca nos dieron una explicación formal sobre lo sucedido. Lo único que sé es lo que leí en las notas del Capitán. Palabras más palabras menos con respecto a las notas originales, esto es lo que pude copiar en aquella oportunidad:

"Tiene alguna similitud con el caso de Neuquén. Aunque esta vez no se encontraron Disidentes en el lugar y todo parece ser una simple casualidad. Sólo encontramos una pequeña estación repetidora de FM completamente abandonada, pero aún en funcionamiento autónomo. Sin duda, en el pasado, la función de esta instalación era tomar la señal de Radio La Voz (FM 104.5) proveniente de Venado Tuerto y retransmitirla amplificada para la zona de San Julián. Estimamos que esta repetidora nunca fue puesta fuera de servicio, simplemente fue olvidada y abandonada cuando La Voz dejó de transmitir.

Este nuevo hallazgo viene a confirmar la Teoría de la Ramificación, por medio de la cual sabemos que ante una encrucijada histórica, ante una posible bifurcación donde se presentan múltiples opciones o diferentes caminos posibles, la realidad se ramifica recorriendo todos los caminos simultáneamente y reproduciéndolos por separado. Al igual que en Neuquén, aquí también vemos una confusión entre las emisiones radioeléctricas de dos Ramas. Se deduce que Radio La Voz sigue transmitiendo en alguna Rama distinta a la nuestra y que, por algún error a identificar, esta repetidora está emitiendo la señal que corresponde a ese entorno ajeno.

Se recomienda interferir la señal para evitar que llegue al pueblo y que siga generando incertidumbre en la población. También se recomienda seguir monitoreándola para conseguir más información que permita arribar a conclusiones definitivas".

No hace falta aclarar que no puedo creer en todo lo que dice este papel; aunque si me sumara a esta línea de pensamiento, podría aportar algunas conclusiones propias basadas en los días que escuché La Voz:

Primero: San Julián es un pueblo mucho más próspero en aquella otra realidad de encrucijada. Tal vez todo el país sea más próspero, o todo el mundo... o tal vez sólo San Julián.

Segundo: Mucha gente que aquí existe no está allí. La inversa también es válida.

Tercero: La influencia cultural indica que, posiblemente, en aquella otra realidad o Rama, el Japón Imperial ganó la Segunda Guerra Mundial. No se puede saber por qué. Probablemente allí la bomba nuclear no funcionó.

Finalmente, lo único que tuvimos por cierto es que bloquearon la señal, como dijeron que lo harían. Ahora el 104.5 sólo transmite ruido.

Cuando volví al pueblo, el Oficial Sarbú ya había desaparecido. Nada más supimos sobre él o sobre la Subsecretaría de Radiofrecuencias.

Entre Loria y Miserere

MENCIÓN HONORÍFICA ÚNICA en el *Premio Platero*, organizado por el *Club del Libro en Español de las Naciones Unidas en Ginebra*, Suiza.

TERCERA MENCIÓN ESPECIAL en el *Concurso Historias y mitos de barrios de Buenos Aires – Premio Ciudad de Buenos Aires*, organizado por la *Fundación El Libro* y el *Gobierno de la Ciudad Autónoma de Buenos Aires*, Argentina.

PRIMERA MENCIÓN ESPECIAL en el *Concurso de Cuentos Fantásticos y de Terror Idus de Marzo*, organizado por el *Excelentísimo Ayuntamiento de Dos Hermanas* en Sevilla, España.

Más de una vez me han preguntado dónde encuentro la tranquilidad y el tiempo necesario para escribir. Yo siempre les respondo contándoles la historia del subte que, en realidad, es mi secreto y no debería andar ventilándolo por ahí. Pero como nadie nunca me creyó esta historia, el secreto sigue a salvo.

Me gusta viajar en subte, sobre todo en la línea A, porque todavía usan algunos de esos viejos coches belgas, La Burgeoise, hechos en madera. Hace poco escuché que piensan descartarlos, sería una pena. Con sus pequeñas tulipas que proyectan luz amarillenta, sus puertas manuales, sus bancos dobles y sus acabados en madera, viajar en aquellos trenes es como meterse al túnel del tiempo. La línea A hace el recorrido entre Plaza de Mayo y Primera Junta. Esta última es la zona en la que he vivido durante los pasados diez años.

El subte, como todo ámbito público, tiene una fauna distintiva que lo habita. Estos personajes no son simples pasajeros. Muy por el contrario, es gente que ha tomado a los trenes como lugar de permanencia prolongada. En la línea A, particularmente, se puede reconocer, por ejemplo, a los vendedores ambulantes, llevando de aquí para allá sus baratijas por los túneles. Hay algún que otro músico ofreciendo su arte por monedas en las estaciones. Hay también un anciano que se sienta y hace declamaciones políticas durante tardes enteras —me parece estar escuchándolo en este mismo momento—, su voz es muy característica. Si uno presta atención, también podrá encontrar a otros personajes, unos más silenciosos, que no buscan llamar la atención. Entre ellos, el más extraño es un viejo de pelo totalmente blanco que se la pasa escribiendo en un cuadernito, y siempre lleva en la mano un sobretodo y una bufanda, incluso en verano con temperaturas cercanas a los cuarenta grados.

Hace un par de años —no recuerdo la fecha exactamente—, tomé el subte en la estación Primera Junta, porque tenía que llegar hasta Piedras. Recuerdo que llovía. Me subí al primer vagón y pude sentarme en mi asiento favorito, el que da a la ventanilla delantera. Aquel día estaba apurado... en realidad, siempre estoy apurado, es mi estado natural. Tenía que hacer un trámite en el centro y el horario bancario estaba por finalizar.

Era un viaje de rutina, pero las cosas se pusieron muy raras a los pocos segundos de dejar la estación Loria. Lo que pasó fue que me sentí consciente de todo lo que me rodeaba. Por un momento lo entendí todo, y vislumbré un desenlace que tenía sentido. No podría ponerlo correctamente en palabras, pero sentí tranquilidad. En el mismo instante, el tren se detuvo. Se detuvo en seco y sin inercia, no fue una frenada violenta. El movimiento se extinguió de repente: pasó de aproximadamente unos sesenta kilómetros por hora a cero.

Pero eso no fue lo único que pasó. Enseguida noté que las bombillas de luz se habían apagado, pero no por completo: había una luz azul muy tenue que emanaba de las lamparitas. Se podían ver sus filamentos encandeciendo en azul, como si estuvieran funcionando con baja tensión. Era algo por demás extraño, ya que estas bombillas emiten normalmente luz amarillenta.

Otra rareza que noté fue que el aire parecía pesado, costaba meterlo y sacarlo de los pulmones. A causa de esto, empecé a respirar por la boca y a jadear. Pensé que me ahogaría ahí mismo. También sentí bastante frío.

Lo que más me impresionó fue ver a los demás pasajeros que viajaban conmigo. Estaban quietos y duros, ni siquiera respiraban. Estaban como habían quedado cuando frenó el tren: algunos sentados y otros parados. Muchos tenían los ojos abiertos, otros habían quedado con la boca abierta a la mitad de una frase. Era bastante desagradable, parecía que estuvieran muertos. La luz azulada y el frío acentuaban aún más esta impresión de morgue.

Me levanté y caminé por el vagón. Traté de abrir una de las puertas, pero no pude. Al fondo del coche, vi a alguien sentado que parecía no estar paralizado. Me acerqué y comprobé que se trataba de un hombre mayor que estaba escribiendo algo. Nos quedamos mirándonos un momento, parecía más asombrado de verme que yo de verlo a él. Recuerdo vívidamente aquel extraño encuentro y la conversación que tuvo lugar a continuación:

—Lleva un rato acostumbrarse a respirar —me advirtió el viejo—, aquí el aire se hace más denso, pero no se preocupe, en cuestión de minutos no sentirá ninguna molestia. Mi nombre es Oscar Mendive, mucho gusto. Como veo que está un poco perturbado por la situación, seré breve para no confundirlo: estamos en una grieta temporal, una especie de refugio a prueba de tiempo.

Aquel hombre era ni más ni menos que el poeta Oscar Mendive, y acababa de darme la noticia más extraña que pasajero alguno hubiera recibido jamás.

—Mucho gusto —fue lo único que atiné a responder en medio de mi confusión.

Hubo unos instantes de silencio. Luego él retomó la charla.

—Vamos, no sea tímido, aproveche para preguntarme todo lo que quiera. Yo no tuve a nadie a quien consultar la primera vez que caí en la grieta, y fue bastante aterrador.

—Bueno, ya que insiste, podría empezar por explicarme qué demonios es lo que está pasando.

—Por supuesto. Primero que nada, tómelo con calma. Como ya le dije, estamos en una grieta temporal, una situación que no es alcanzada por el tiempo. O sea, que aquí el tiempo no transcurre. Pero no se asuste, no tiene ningún efecto nocivo, y luego de un lapso indeterminado, volveremos a la normalidad y se reanudará nuestro viaje.

—¿A qué se refiere con un lapso indeterminado? ¿Saldremos de aquí algún día?

—Bueno, qué le puedo decir. El lapso que le mencioné no puede ser medido en tiempo. Si no me cree, mire su reloj —miré mi reloj, estaba detenido—. Sin embargo, puedo afirmarle que por lo general esta quietud tiene una extensión que se parece bastante a diez horas.

—¿Y qué le está pasando a las demás personas? ¿Por qué no se mueven? ¡Ni siquiera están respirando!

—No se preocupe, no les pasa nada. Están aquí con nosotros, pero no cayeron en la grieta. Por eso digo que ésta es una situación y no un lugar. El lugar es el mismo, pero ahora nuestra situación es distinta a la de esta gente. Todo esto será como un parpadeo para ellos, un corte de luz de un segundo. Luego, su vida continuará de forma normal.

Mendive tenía puesto un pesado sobretodo azul. Hacía bien, ya que realmente el frío calaba los huesos.

—Vengo al subte para escribir —me dijo—. Yo, señor, soy poeta y esta calma para mí es impagable.

Además, ¿en qué otro lugar se puede ganar diez horas diarias? Si el tiempo es oro, aquí estoy haciendo una fortuna.

Al principio me pareció algo egoísta de su parte detener todo el universo para poder garabatear uno o dos versos, pero con el tiempo entendí que la vida toda no tiene más sentido que un par de versos bien logrados.

Por lo que pude sacar en limpio a partir de las explicaciones del señor Mendive, había una razón para que el resto de la gente permaneciera paralizada durante este lapso. Según él me dijo, en el mundo hay lugares llamados Irise, desde los cuales se puede ver el punto de fuga hacia el cual apunta la línea temporal. Se supone que nadie debería verlo. Si un individuo lo ve, caerá automáticamente en la grieta.

No es tan fácil divisar el punto de fuga, porque, en primer lugar, hay que encontrar un Irise y, en segundo lugar, hay que tener un momento de lucidez plena, de profunda observación y profunda conciencia de nuestro pasado y de nuestro presente. Pasado y presente son los dos puntos que marcan la línea temporal. El Irise los une y les da dirección hacia el punto de fuga.

Ya me estaba acostumbrado al frío y al espeso aire.

Mendive decía haber encontrado referencias en antiguos escritos sobre esta anomalía temporal y sobre la ubicación de otros Irises. De hecho, tomó el nombre Irise de las crónicas del Padre Don Jacinto Nuñez, jesuita español que llegó al Perú en los tiempos de la Conquista. Sus textos recogen tres testimonios de Incas que describen el uso de un Irise, el cual le permitía al Emperador enviar mensajeros a los confines de su imperio en tiempos inexplicablemente cortos. Mendive también creía haber encontrado indicios de un Irise egipcio, pero sin duda el más importante para él era el que se encontraba bajo tierra, entre Loria y Miserere.

—Éste es mi descubrimiento —me dijo—, mi propio Irise personal. Hace quince años que escribo en este lugar. No me consta que nadie haya sabido de él antes que yo, y hasta el día de hoy nunca había visto a nadie más que pudiera usarlo.

Sobre el origen de los Irises poco puedo decir. Mendive no sabía nada al respecto. Nada había encontrado en sus indagaciones, excepto que los Incas consideraban que el suyo tenía origen divino. Yo tampoco di con una respuesta satisfactoria en el tiempo que dediqué a investigar el asunto.

¿Estarían hechos por el hombre? ¿Serían sólo una casualidad de la naturaleza? ¿O tal vez un regalo de Dios como creían los Incas? Creo que, de todas formas, éstas no son las preguntas más importantes que hay que hacer. La cuestión realmente central es si los Irises fueron creados para que alguien los encuentre y los use en su beneficio, o si tienen un propósito superior.

Tanto Mendive como yo pensamos que no está mal aprovechar el Irise subterráneo para escribir nuestros textos... por lo menos por ahora, y hasta que alguien descubra su verdadero propósito.

Mala cosa sería que avalanchas de curiosos se abalanzaran al subte A, entre Loria y Miserere, para sacar provecho de este artilugio temporal. Mendive siempre tuvo miedo de revelar este prodigio, pero yo no. Como ya dije antes, el Irise está a salvo, oculto detrás de su extraordinaria historia.

Martel y la ecuación de la muerte

En ese momento vio claro lo que antes pasó por alto. Unió una por una las pistas y descifró su destino. Su pequeño nirvana intelectual llegó en una esquina: Una bala pasó silbando cerca de su cabeza, una mujer cayó muerta a cuatro metros de él. El asesino, un ladrón de poca monta en fuga, lo miró a los ojos antes de escapar del lugar. Ese fue el momento preciso, en medio de la conmoción, con un cuerpo sin vida a pasos de él entre los gritos de los transeúntes que se tiraban al piso. Sólo él y el asesino permanecían de pie, y cruzaron miradas cuando el maleante estaba subiendo al auto que lo sacaría de allí. En ese instante, comprendió que la bala era para él, que no era casualidad, que estaba siendo perseguido y que sería irremediablemente alcanzado. Había estado en la misma ubicación que la desafortunada víctima hacía apenas unos escasos treinta segundos.

Martel entendió que tenía que apuntar su mirada al pasado. La persecución había comenzado hacía muchos años, se remontaba tan lejos como su memoria. No era una tarea sencilla: debía recabar datos concretos, lo más precisos posibles sobre situaciones, fechas y horarios. Recurrió a todo lo que tenía a la mano: a su memoria, a hemerotecas, a su diario personal, a viejos álbumes fotográficos, incluso accedió a causas judiciales e informes policiales, en algunos casos cobrando favores, en otros pagándolos.

Finalmente, pudo reconstruir algunos fragmentos de su historia, de su carrera personal contra la muerte. La clave era encontrar fechas y horarios que fueran lo más exactos posible.

El primer indicio concreto se remontaba a sus cuatro años de edad. Era verano y su familia se encontraba vacacionando en Córdoba, en Villa Carlos Paz específicamente. Todas las tardes merendaban a orillas del río. El pequeño Martel se bañó una de aquellas tardes entre las piedras, exactamente en el mismo sitio donde un contingente de egresados se accidentó dos días más tarde. Uno de los jóvenes se ahogó en el lugar.

Martel calculó su presencia en el río de forma aproximada: a las 17:20 horas del 2 de febrero de 1961. La muerte del joven se produjo exactamente el 4 de febrero de 1961 a las 15:45 horas, según consta en la declaración de un testimonio incorporado a la causa judicial. La diferencia de tiempo entre ambos sucesos fue de exactamente 46 horas y 25 minutos.

El siguiente dato puntual que encontró sucedió tres años después que el anterior. Martel encontró una vieja foto de 1964 en la que estaba con su madre de la mano, en la esquina de Quintino Bocayuva e Hipólito Yrigoyen, a punto de cruzar la calle. La foto había sido sacada por su padre, y de fondo alcanzaba a distinguirse el reloj de la Basílica de San Carlos. Una minuciosa inspección con lupa sobre las agujas del reloj, le permitió determinar que eran las dos de la tarde pasadas en ese momento, más precisamente eran las 14:10 horas. Dos días después, a las 11:15 horas, según los diarios, una mujer falleció en esa misma esquina atropellada. Esta vez el tiempo entre la presencia de Martel y el fallecimiento de la dama era exactamente de 45 horas y 5 minutos.

Las minuciosas investigaciones de Martel, apelando a todo tipo de recursos, arrojaron como resultado un total de diecinueve situaciones en las que había compartido un mismo espacio físico con la muerte, separado sólo por una diferencia de tiempo. Pudo observar que la diferencia de tiempo tendía a disminuir en cada situación. En la última situación registrada, que había sido el tiroteo en la esquina, la diferencia había sido de apenas 30 segundos.

Claramente se trataba de una cuenta regresiva que en algún momento llegaría a cero y que además era lineal. Las diferencias de tiempo disminuían en cantidades constantes a intervalos regulares. No era azar, ese era el dato importante. Y si no era azar, el punto cero podía ser encontrado.

Martel se dio cuenta de todo esto. El interrogante se reducía a un problema matemático de complejidad bastante baja, y él conocía las herramientas para resolverlo. ¡Y lo hizo! Martel llegó a conocer su fecha de muerte con un margen de error de apenas segundos.

Actualmente no quedan registros de su investigación. Si bien sus hallazgos fueron publicados antes de su desaparición por la revista Ciencia Hoy, en 1988, en la actualidad es imposible conseguir uno de esos ejemplares. Nadie daba crédito a aquel escrito, hasta que Martel desapareció. Una vez que la veracidad y las implicancias de esta investigación fueron comprendidas, todos los ejemplares fueron rastreados por los hombres de Sarbú y luego destruidos, o sustraídos para ser agregados a su colección. Algún día les hablaré en detalle sobre Sarbú, sobre sus sucias prácticas y sus insaciables ansias de poder.

Yo llegué a conocer a Martel. También fui poseedor de un número de aquella mítica revista, Ciencia Hoy, de agosto del 88, hasta que se quemó con el resto de mi casa. No hace falta aclarar que aquello no fue un accidente.

Por suerte, recuerdo algo de aquel artículo: Martel contaba toda la historia desde aquel tiroteo donde vislumbró la trama de la muerte hasta los cálculos matemáticos que había que aplicar. Daba todos los datos de las diecinueve situaciones que pudo aislar y usar en su investigación. Yo sólo recuerdo las tres que les mencioné.

La parte matemática no era para nada compleja, estaba al alcance de cualquier estudiante de secundaria.

A grandes rasgos les puedo comentar que lo que hizo fue representar las diecinueve situaciones como diecinueve puntos sobre un gráfico. En ese gráfico, un eje simbolizaba las fechas, horas, minutos y, en lo posible, segundos en los que habían tenido lugar las situaciones. El otro eje representaba el tiempo de diferencia con la muerte.

En definitiva, llegó a un gráfico similar a este:

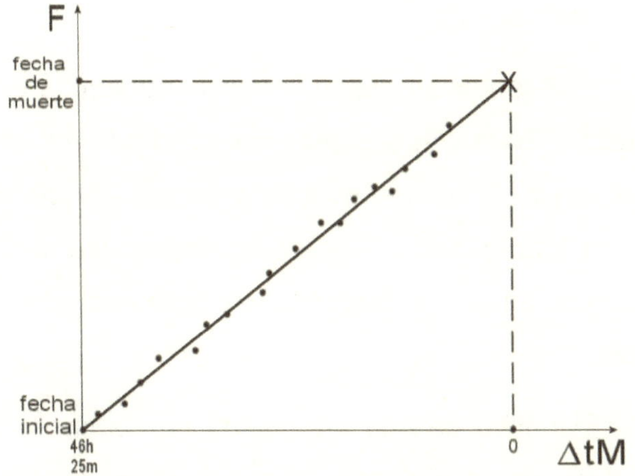

Paso a explicar el gráfico que están viendo. Ante todo, quiero aclarar que no es exacto, no es el mismo gráfico trazado por Martel, sino que debe ser tomado como ejemplo únicamente. Los puntos no corresponden a datos verdaderos, salvo el inicial. Mi memoria no me permite mayor detalle.

F representa las fechas, las cuales están convertidas a segundos para facilitar los cálculos. La fecha inicial se refiere a la primera situación de encuentro con la muerte registrada, y su valor es de cero segundos; a partir de este punto, las fechas van incrementándose a lo largo del eje F hasta llegar a la fecha de muerte, que se describe por sí sola sin mayor aclaración.

ΔtM representa las diferencias de tiempo con la muerte. En la primera situación registrada por Martel habíamos dicho que esta diferencia ascendía a 46 horas y 25 minutos. El valor de estas diferencias va descendiendo a lo largo del eje ΔtM hasta llegar a cero.

El hecho de que los puntos no se encuentren perfectamente alineados sobre la recta se debe a inexactitudes en el momento de determinar las fechas de los sucesos. La recta trazada en el gráfico se consigue mediante un ajuste lineal: a mayor cantidad de puntos (de situaciones estudiadas), mayor será la exactitud en la dirección de la recta y, por lo tanto, mayor la precisión para determinar la fecha de muerte.

No voy a explicar aquí los cálculos exactos que escribió Martel en su famosa ecuación $F(\Delta tM=0)$, (fecha calculada para una diferencia de tiempo con la muerte igual a 0), sólo voy a decir que están al alcance de cualquiera que recuerde la ecuación de la recta y sepa hacer un ajuste lineal. Lo brillante de Martel no fue el desarrollo matemático, fue algo mucho más importante: encontró y puso al descubierto ni más ni menos que el mecanismo de funcionamiento de la muerte. Hallar los 19 puntos de coincidencia durante su vida fue un trabajo de investigación monumental, y esos puntos son las pruebas que demuestran su teoría.

Conocer la propia fecha de muerte da poder. Salta a la vista que si uno conociera la fecha de su muerte, sería conscientemente inmortal durante toda su existencia... hasta que llegara esa fecha. Por otro lado, también salta a la vista que para ejercer poder sobre otros es necesario que no conozcan su $F(\Delta TM=0)$. Es imposible amenazar o dominar inmortales. El coleccionista de almas, Sarbú, es consciente de esta oportunidad y este peligro.

¿Cómo viviría alguien que supiera cuándo va a morir? No sé cómo viviría yo si lo supiera. Pero sí puedo contarles cómo vivió Martel después de saberlo.

Como les dije, Martel fue el primer hombre que conoció su fecha de muerte con lujo de segundos. Al momento en que la nota para la revista fue escrita, en algún día de agosto de 1988, el $F(\Delta TM=0)$ de Martel arrojaba un excedente de 9.688.947 segundos, eso es apenas un poco más de tres meses.

Martel no pudo aprovechar plenamente de sus tres meses de inmortalidad. El problema era que, al principio, no se atrevía a confiar ciegamente en sus cálculos. ¿Qué tal si todo aquello no era cierto? ¿Qué pasaría si la casualidad había metido la cola en el asunto, dándole un sentido erróneo a un montón de hechos azarosos? Estos eran los interrogantes que pasaban por su mente.

Revisó sus cálculos una y mil veces, aplicando la mayor rigurosidad posible. El resultado fue confirmado en cada intento: $F(\Delta TM=0) = 9.688.947$ segundos. La única variación registrada era el descenso de los segundos conforme avanzaba el dato fecha actual. Pero no bastaba con verificar los cálculos, faltaba hacer lo que Martel mencionó en sus escritos como "experimento práctico". Ese experimento estaba diseñado para acabar con todas las dudas.

A las 8 de la mañana del 9 de agosto de 1988, Martel se vistió de luto, con su corbata y traje negros y su camisa blanca, como si fuera una ocasión solemne. Pero no se dirigió a ningún velatorio ni entierro. Su destino era el Parque de la Ciudad. Pagó la entrada y caminó directamente hacia la Torre Espacial. Tomó el ascensor y subió los 185 metros hasta el mirador. Como todavía era temprano, había muy poca gente. Eso era conveniente para el experimento.

Se acercó a una de las ventanas y pudo ver toda la ciudad abajo. Respiró profundo, tomó una silla que tenía a mano y golpeó cinco veces el grueso vidrio hasta que consiguió romperlo por completo. El viento era impresionante, su corbata flameaba detrás de su cabeza. La gente se asustó; algunos llamaron a Seguridad, unos niños lloraban y una mujer dio un grito de horror. Martel retrocedió algunos pasos. Miró a la gente, giró la cabeza y miró hacia la ventana; luego cerró los puños y apretó los dientes. Era la hora de la verdad. Corrió hacia la abertura y se tiró.

No podía oír otra cosa más que el viento. La caída no fue tan breve como se imaginó, hasta tuvo tiempo de arrepentirse. Pero, finalmente, golpeó el concreto, y fue tan malo como parecía. Fue una tremenda sacudida, tardó un momento en recuperar la conciencia y le costó levantarse. Un pequeño grupo de curiosos se había formado a su alrededor.

Ni bien estuvo de pie, se fue al trote. No quería llamar demasiado la atención, pero sus intentos fueron inútiles. Aunque no hubo fotos ni filmaciones del incidente, los testimonios de la gente que lo vio caer llegaron a la prensa. Todavía se pueden conseguir diarios del 10 de agosto del 88 en los que figura la noticia: "Un hombre saltó desde la Torre Espacial y salió sin un rasguño". Tal vez Sarbú desconoce que existe esta evidencia, o quizá no pudo hacer desaparecer todos los ejemplares.

En todo caso, los titulares fueron exagerados. La caída no fue totalmente limpia, ya que Martel se dobló el tobillo derecho al golpear el piso. Lo sé porque vino a atenderse en mi consultorio. El tobillo estaba bastante hinchado luego del experimento, y quería que le diera algo para el dolor. También le hice una revisación clínica exhaustiva para descartar heridas internas y cualquier tipo de secuelas. Allí fue cuando me contó sobre su descubrimiento, me mostró el documento que había escrito y me dijo que la revista Ciencia Hoy pensaba publicarlo. Al principio no creí lo que escuchaba, pero tuve que rendirme ante la evidencia cuando me explicó sus cálculos en detalle. Se mostró interesado en mi opinión médica sobre el asunto, así que desde aquel momento nos mantuvimos comunicados.

Ese fue el experimento que vino a confirmar la validez de la descabellada elucubración de Martel. Bueno, en realidad, ese fue el primer experimento, porque hubo un segundo, involuntario y espectacular. Era la tercera semana de septiembre, el nuevo número de Ciencia Hoy había salido a la venta apenas unos días atrás. Inevitablemente la noticia llegó a oídos de Sarbú, el coleccionista de almas, siempre atento a lo inexplicable.

Una noche, volviendo a su casa, Martel fue abordado en la calle por dos hombres armados con ametralladoras de mano. A los empujones, y sin mediar una palabra, lo metieron en una camioneta y se lo llevaron del lugar. La camioneta era conducida por una mujer rubia, quien también estaba armada.

Los tres individuos vestían elegantemente y tenían aspecto de extranjeros.

Luego de un viaje de unos 15 minutos, se encontraron en el centro de la ciudad, y la camioneta se detuvo. La mujer dijo algo en un idioma desconocido, los dos hombres contestaron en la misma lengua y procedieron a bajar de la camioneta a su cautivo. Si bien Martel no pudo individualizar el idioma de sus captores, le sonaba eslavo. Escoltaron a Martel hacia el interior de lo que parecía ser un viejo edificio abandonado. Ventanas tapiadas, paredes sin pintura, descascaradas y agrietadas, vereda sucia. Ese era su aspecto exterior, pero una vez que cruzaron el umbral la historia era otra: todo se veía nuevo y reluciente.

Tomaron el ascensor y subieron hasta el noveno piso. La luz era tenue, el lugar era amplio y se encontraba vacío, salvo por unos sillones en el centro del piso. Allí los esperaba sentado un hombre; Martel no pudo distinguir bien sus facciones hasta que lo tuvo enfrente. Era una de esas personas a las que no se les puede adivinar la edad, aunque definitivamente era mayor. El hombre empezó a darles instrucciones a los tres individuos que escoltaban a Martel; lo hacía en una mezcla de español y del idioma desconocido que habían hablado anteriormente.

—Siéntese —le dijo a Martel mirándolo y señalando un sillón.

Martel obedeció.

—Mi nombre es Burian Adrik Sarbú. Usted no me conoce y yo no lo conozco a usted, pero leí su artículo y supe que teníamos que hablar. Esto que escribió es muy interesante —mientras hablaba levantó un ejemplar de la revista Ciencia Hoy que tenía en la mano—. ¿Sabía que la humanidad ha intentado descubrir la mecánica de la muerte desde los tiempos más remotos?

—No, no sabía eso —respondió Martel tímidamente mientras veía de reojo cómo lo apuntaban.

—Es un impulso básico de supervivencia. La disciplina incluso tiene un nombre. En español sería algo así como "Hilandería", ya que los pensadores intentan descubrir la trama de la muerte. Estamos hablando de literatura oculta, por supuesto. La disciplina se confunde en muchos puntos con la filosofía. Hay muchos autores y muchas escuelas. Pero usted, señor, encontró algo fundamental: la suya es la primera investigación científica sobre el asunto, con pruebas y demostraciones matemáticas. Y si sus afirmaciones resultan ser ciertas, cosa que está por verse, la suya es la demostración de la teoría de caza conocida como Acercamiento Imperceptible, que expuso Pródromo en 1452.

Martel vio que había una ventana abierta en el otro extremo del piso. Nueve pisos no eran nada comparados con la Torre Espacial. Pensó que podía aprovechar cualquier distracción para tirarse y escapar. Mientras tanto siguió escuchando al viejo Sarbú:

—Realmente su trabajo es excelente, lo felicito. Si llegara a demostrarse, se trataría probablemente del descubrimiento más importante de la historia. Pero se dará cuenta usted de que todo lo que tiene de importante este hallazgo también lo tiene de peligroso. Imagínese, hordas de inmortales sin miedo a nada, destrozando todo a su paso, buscando su conveniencia. Sería una situación incontrolable en esta época de individualismo salvaje. Sería el caos. La sociedad en la que vivimos se basa en el miedo; si se quita el miedo, la sociedad se cae a pedazos. Mi trabajo, mi humilde trabajo, es mantener viva la duda, ocultar todas las certezas existenciales. En definitiva, lo que hago es mantener a la sociedad en buen estado. Por eso mismo sus ideas deben ser borradas. En este preciso momento mis asociados están capturando estos ejemplares que difunden sus escritos. Y, por supuesto, usted debe ser eliminado.

Martel miró hacia la ventana, Sarbú lo notó.

—Sé lo que está pensando —dijo el coleccionista de almas—, y me parece una excelente idea. Adelante, ¡corra!

Martel se levantó del sillón y corrió hacia la ventana; la distancia que tenía que cubrir era grande.

—¡Mátenlo! —gritó Sarbú.

Los dos hombres y la rubia levantaron sus ametralladoras de mano y empezaron a escupir balas. Los proyectiles silbaban cerca de la cabeza de Martel. Muchos atravesaron su holgada camisa. Otros, al menos cinco, impactaron en su cigarrera sin causarle daño. Cada vez que daba un paso, una ráfaga pasaba entre sus piernas; lo mismo pasaba cuando movía sus brazos. Los tiradores se miraban entre sí y se recriminaban la falta de puntería. En cambio, en la cara de Sarbú se dibujó una gran sonrisa.

El lugar quedó destruido, pero Martel estaba ileso. Alcanzó la ventana y se tiró. La caída agravó el estado de su tobillo lesionado, que ya estaba cerca de recuperarse. Pero fuera de ese detalle, no tuvo otros inconvenientes. Así fue el segundo experimento; Martel ya no tenía dudas, y ahora Sarbú tampoco.

Esa experiencia lo asustó. Era algo nuevo para Martel. Había tenido una vida bastante tranquila, pero ahora un grupo de asesinos excéntricos controlaban sus movimientos y planeaban matarlo. Abandonó su casa y se escondió durante algunos días. Vivió de hotel en hotel durante algún tiempo, dejando nombres falsos en las recepciones. Hasta que un día se hartó de esa vida, decidió ponerle fin a aquella persecución mientras pudiera. Después de todo, él tenía ventaja. Todavía le quedaban algunos días de inmortalidad, y no esperaría a que lo fueran a buscar.

Nunca había usado un arma, ni siquiera sabía dónde conseguir una. Entonces optó por una alternativa más sencilla: compró una pesada barra de hierro en una ferretería. Esperó que se hiciera de noche y se dirigió hacia el centro, hasta el edificio donde había sido retenido. Allí estaba, de pie frente al edificio, con el hierro en la mano, apretando fuerte los dedos. Esperó pacientemente, agazapado, hasta que la puerta se abrió. Entonces concentró todo su coraje y pensó: "no muero hoy".

Un hombre salió y Martel aprovechó la oportunidad, lo sorprendió empujándolo hacia adentro. Luego descargó un golpe con su barra dejándolo fuera de combate. Los ruidos atrajeron a otros hacia la entrada, y la balacera empezó. Los disparos pegaban en todas partes, menos en Martel. Muchos rebotaban en su barra de hierro, otros le pasaban muy cerca, pero ninguno podía herirlo. En aquel ambiente rico en plomo, muchos hombres fueron alcanzados por disparos de sus propios compañeros, por esquirlas o rebotes. Algunas armas se trababan en el momento justo. La casualidad estaba al servicio de Martel, y él estaba tan confiado que ni siquiera se molestaba en cubrirse o en correr.

Caminaba lenta e impunemente hacia sus atacantes y los molía a golpes con su barra. Todo el tiempo bajaban por la escalera nuevos refuerzos que se sumaban a la lucha; pero era en vano, no podían detenerlo. Dicen que nadie muere en la víspera.

El humo de la pólvora enrareció el lugar, y la destrucción alcanzó a cada rincón de aquel piso. Dejando atrás una escena dantesca plagada de heridos graves y muertos, Martel se dirigió al ascensor. Su destino era, nuevamente, el noveno piso. Allí estaba Sarbú, esperándolo de pie y con una espada en la mano.

—¿Ahora entiende por qué usted tiene que desaparecer con sus ideas? —preguntó. Vea el desastre que hizo sólo por tener una certeza.

Martel seguía avanzando hasta él mientras hablaba. Cuando estuvo lo suficientemente cerca descargó un golpe con su barra. Sarbú se defendió del impacto con su espada y devolvió el golpe asestándole a Martel un corte en el brazo izquierdo. Martel retrocedió un tanto desconcertado.

—¿Qué pasa? ¿No se lo esperaba, verdad? —dijo Sarbú—. Le tengo una sorpresa: no voy a morir hoy.

—Entonces somos dos —respondió Martel, y se lanzó al ataque nuevamente.

La pelea fue intensa, agotadora. Por más que lo intentaban ninguno de los dos lograba vencer a su rival. Durante más de una hora de combate sólo consiguieron darse algunos golpes sin importancia y hacerse algunas heridas superficiales. Aquello parecía ser una pérdida de tiempo. Ese día ninguno de los dos podía derrotar ni ser derrotado. Ambos sabían perfectamente cómo era la cosa, así que, como buenos caballeros, aunque a regañadientes, decidieron dejar aquel juego inútil.

—Por ahora me retiro —dijo Martel—, pero no faltará ocasión para que nos volvamos a encontrar.

—No se preocupe —respondió Sarbú—. Nos volveremos a ver aproximadamente en 1.728.940 segundos.

Ese era el tiempo de vida que le restaba a Martel, según su $F(\Delta TM=0)$. En ese momento, Martel comprendió que no podía ganar. Decidió hacer un último intento antes de salir de allí. Se dio vuelta como para retirarse, dándole la espalda a Sarbú, y de repente giró con violencia y descargó un golpe a la cabeza de su enemigo. Aquel golpe sólo sirvió para despeinar a Sarbú. Ninguno de los dos dijo palabra, y Martel se retiró finalmente del lugar.

Quedarse esperando a que vinieran a buscarlo no era una opción agradable, por eso Martel decidió huir. Partió del país sin dejar el más mínimo rastro. Ni siquiera a mí me contó que se iba a ir. Lo siguiente que supe de él fue por una carta que me escribió desde Marruecos. Había estado allí algunos días, pero se aprestaba a escapar en otra dirección porque le había parecido ver a una rubia hablando con el recepcionista de su hotel, una rubia similar a la que lo había secuestrado. La siguiente carta me la envió desde Bucarest. Estaba fechada un día antes de su F(ΔTM=0). Se sentía vigilado, pero a la vez, estaba optimista. Incluso ponía en duda su propia teoría, y pensaba que podía escaparse definitivamente de Sarbú.

Eso fue lo último que supe sobre Martel. Luego de aquel día no llegaron más cartas.

Por mi parte nunca me animé a conocer mi fecha de muerte, a pesar de la insistencia de Martel. Creo que mi decisión fue acertada. Prefiero la sorpresa.

En cuanto a Sarbú, sólo sé que su voluntad se cumplió: la ecuación de la muerte se mantuvo oculta. Oculta y a su servicio, calculando la ventura de amigos y enemigos.

Salvo por la luz del rincón

PRIMER PREMIO en el *Certamen Miguel Hernández*, organizado por la *Sociedad de Fomento de la Ciudad de San Martín* en la Provincia de Buenos Aires, Argentina.

Éramos demasiados asesinos para aquel departamento de Villa Crespo. Seguramente todos habían sido citados de la misma manera que yo lo fui: una carta por abajo de la puerta indicando hora y dirección, y prometiendo demasiado dinero. Vi muchas caras conocidas en aquel pequeño lugar. Sentado frente a mi estaba el Oso, tal vez el más profesional de todos nosotros. Su especialidad eran las muertes accidentales, puesto que era responsable de un gran porcentaje de los accidentes de tránsito. Entre los otros sicarios que había en la sala se destacaba una pequeña figura: a mi izquierda, parcialmente escondido detrás de una lámpara de pie, se encontraba el Petiso de Barracas. Había sido el autor de algunos de los asesinatos más horribles que he visto. Le gustaba usar filos y desangrar a sus víctimas. Estaba totalmente loco y disfrutaba de su trabajo. Miraba a todos en la sala fijamente a los ojos. Cuando me vio sentí un escalofrío. Mejor no perder de vista a ese demente —pensé—, voy a tener mi revolver a mano toda la noche.

Si bien no estoy muy orgulloso de mi oficio, sé que es absolutamente necesario, tiene una gran importancia. El asunto es que la estructura formal que vemos, con leyes, gobierno, empresas comprometidas con la comunidad y todo lo demás, es sólo un telón que permite el funcionamiento silencioso de la estructura real; ésta parece una jungla y en ella se dirimen los asuntos principales de una sociedad, es decir, quiénes se van a quedar con el poder y el dinero. El mundo está corrupto, nosotros sólo somos las garras de los depredadores de esta selva. Somos indispensables.

Al cabo de unos quince minutos llegó un hombre que empezó a impartir instrucciones. Sin presentarse, nos indicó quién era el objetivo y nos dividió en dos grupos. Yo quedé en el primer grupo, junto con el Oso y el Petiso de Barracas. Por el momento sólo había que seguir al objetivo. Antes de retirarse, el hombre anónimo nos dio bastante efectivo y un celular para cada grupo, yo me quedé con el nuestro.

Al día siguiente ya estábamos trabajando. Supuestamente, según las instrucciones recibidas, debíamos seguir al objetivo hasta su oficina y fotografiar a todo aquel que saliera o entrara al edificio, pero un llamado de último momento cambió los planes.

El segundo grupo se iba a ocupar del seguimiento y nosotros debíamos vigilarlos para reportar su desempeño. Así lo hicimos. Los seguimos a una distancia prudencial. Al llegar a la oficina en Congreso pudimos ver que los del segundo grupo estacionaron su auto detrás de un camión. Desde allí tenían una buena vista de la entrada del edificio. Dos de ellos se bajaron y fueron a dar una vuelta mientras que uno quedó en el auto tomando fotografías. A cada hora se relevaban en la guardia. Nosotros veíamos todo esto desde un café en la esquina de enfrente y reportábamos todos sus movimientos. El Oso era un tipo de pocas palabras, pero agradable, por un momento casi se me olvidó que era un asesino. El Petiso era una bestia. Se pasó la mañana y gran parte de la tarde jactándose de cómo había matado a un tipo cortándole la lengua. "No veo la hora de que nos dejen despachar a este" —decía a cada rato.

Trabajar con un maniático sanguinario era un riesgo inaceptable, por lo que debía solucionar ese problema. Seguramente al día siguiente nos tocaría hacer el seguimiento mientras que el segundo grupo nos estaría vigilando de cerca —pensé. Tenía que hacer algo aquella misma noche.

Los tres nos estábamos quedando en un hotel céntrico. Siendo casi las dos de la madrugada los desperté. "Muévanse —dije—, acabo de recibir una llamada del jefe. El objetivo se está escapando y hay que ir a buscarlo". El Oso me siguió de mala gana. El Petiso estaba emocionado como si fuera un niño en la mañana de reyes, pobre estúpido. Nos subimos al auto, yo era el conductor. Dimos un largo paseo y los llevé hasta una fábrica abandonada. Les dije que en aquel lugar se ocultaba el objetivo. "¡No lo maten! —gritó el Petiso—. Déjenmelo a mí". Hizo un gesto macabro y se le dibujo una sonrisa de oreja a oreja.

Cortamos la cadena y abrimos el portón. El lugar estaba claramente vacío, era un gran galpón desocupado. "Debe estar en las oficinas del fondo" —dije señalando una puerta. Nos movimos hacia allá. El Oso empujó la puerta y estaba a punto de meterse cuando le hice un gesto para que se apartara. El Petiso entró a la oficina, yo lo seguí. Cerré la puerta a mis espaldas y empuñé mi revólver. "¡Aquí no hay nadie!" —exclamó el Petiso.

Luego se dio vuelta, y lo que vio fue mi arma apuntándole a la cabeza. Él tenía una pistola en la mano, pero no tuvo tiempo de reaccionar, parecía asombrado. Le disparé una sola vez en la frente. El Oso abrió la puerta, él también parecía asombrado. Le dije: "No me caía bien. Vamos a dormir que mañana hay que trabajar". Metimos el cuerpo en un barril y nos fuimos. No sólo me había sacado de encima al anormal, sino que el Oso ya no tendría dudas de quién era el jefe.

Al día siguiente, nos apostamos frente a la casa del objetivo anotando los horarios de entrada y salida de todos los miembros de su familia. Podía ver al segundo grupo en la otra cuadra, en una camioneta blanca. A los cinco minutos sonó el celular.

—¿Por qué solo son dos? ¿Dónde está el tercero? —preguntó la voz.

—Lo tuve que matar —respondí—, fue una pésima decisión contratarlo.

—Muy bien, no me importa, es su grupo. Ahora ustedes dos van a hacer el trabajo de tres. Si quedo conforme, no van a tener problemas; pero si me fallan, los voy a encontrar.

El nombre del objetivo era Armando Nontol. Tenía una esposa llamada Marta y una hija de unos veinte años llamada Clara. También vivía en la casa una criada llamada Guadalupe. Habíamos estado un par de horas ahí sentados cuando se abrió la puerta y salió una hermosa chica: era Clara. Cruzó la calle y al pasar por el bar me miró directo a los ojos; fue una mirada que duró apenas un par de segundos. Cuando dobló la esquina le dije al Oso: "Mantené los ojos fijos en esa puerta que yo ya vuelvo". Y la seguí. Estábamos fuera del alcance de todas las vistas. "Hola —dije—, ¿te ayudo a llevar ese bolso?". Así comenzó una breve conversación que fue interrumpida por la llegada de un inoportuno colectivo. Todo en ella era perfecto, tanto su imagen como su dulce voz y aroma. "Gracias señor, muy amable" —dijo sonriendo antes de irse. Ella era como un rayo de luz partiendo en dos a la oscuridad cotidiana, que ahora parecía burda y desagradable.

Tengo que reconocer que aquel encuentro me afectó de alguna manera. Fueron apenas dos minutos, pero se llevó todas mis certezas. Como dije antes, creo en la importancia de lo que hago porque el mundo está corrupto y así es como funciona, por lo tanto, lo mantengo andando; bueno, ¿qué pasaría si el mundo en realidad no estuviera tan corrupto? ¿Qué pasaría si existiera la inocencia y la gracia? ¿Qué pasaría si existiera la posibilidad de una gran felicidad en este lugar oscuro? Si esto fuera cierto, yo quedaría fuera de juego, en posición adelantada. Aún si una ínfima parte del mundo fuera rescatable, quedaría fuera de lugar por no plegarme a ella. Es más, tal vez yo era el corrupto.

Pasaron otros cuatro días de vigilancia alternada entre los dos grupos. Nosotros estábamos de guardia, nos encontrábamos en el auto a una cuadra de la casa. Toda la familia estaba dentro. El segundo grupo nos miraba de cerca. Yo estaba observando con mis binoculares cuando sonó el celular y el Oso atendió. "Esto se acaba acá —me dijo luego de cortar—, los tenemos que hacer mierda a todos". Puso el auto en marcha y manejó hasta la entrada del garaje. Forzamos la puerta y nos metimos en la casa. El segundo grupo se quedó afuera de campana. Reunimos a todos en la cocina, los manteníamos atados y de rodillas. Yo intentaba que Clara no me reconociera mientras les decía que no me miraran; luego los vendamos.

Entonces tuve la extraña sensación de que todo aquello estaba muy mal. No se confundan, no me importaba el objetivo. Él tal vez era un narcotraficante, un vendedor de armas, un fiscal o alguien que le robó a la gente equivocada; no me interesaba. Si me importaba Clara, su pérdida hubiera sido un desperdicio, un error que justificaría tirar abajo este mundo y empezar de cero. No voy a ser tan hipócrita como para decir que nunca maté a un inocente, pero esta vez se sentía muy distinto.

Decidí actuar. Le disparé dos tiros al Oso, directos al corazón. Tuvo una muerte sin dolor. Él me dio un disparo en la pierna mientras caía. Luego desaté a la familia y les dije que salieran por atrás cruzando el jardín. Todos se fueron y Clara nunca supo que aquel asesino era el mismo que le había hablado hacía unos momentos. Ahora el único problema era el segundo grupo. Ya estábamos tardando demasiado, iban a entrar para ver qué estaba pasando y los perseguirían. Entonces, con mi pierna herida, me arrastré para abrir todas las llaves de gas del lugar...

Y aquí estoy ahora, tirado en un sillón perdiendo mucha sangre, con el encendedor en la mano y esperando que entren. ¿Ustedes creen que un buen acto sirva para compensar toda una vida de equivocaciones? Espero que así sea, porque ya escucho los golpes en la puerta…

EL SAUCE

Una vez, siendo yo joven, me harté de mi vida y de todas las circunstancias que la rodeaban. Decidí entonces vagar sin destino, para dejar atrás la mala suerte. Esta necesidad constante de moverme me llevó a recorrer todo el país y ejercer toda clase de oficios durante casi diez años. En ese tiempo he visto de todo, incluso muchas cosas que no tienen explicación.

En cierta ocasión me encontraba a la vera de una ruta en La Pampa, haciendo dedo. Había pasado un mes trabajando en un restaurante y pensé que ya era hora de buscar otro pueblo y otro empleo. Una camioneta se acercó y el conductor me invitó a subir. Noté que había algo raro en sus ojos, como si las pupilas estuvieran un poco decoloradas. Al rato entramos en conversación. Su nombre era Mateo. Le conté un poco sobre mi historia y le pregunté cuál era el pueblo más cercano.

—El pueblo más cercano es Arroyos, a ochenta kilómetros —me respondió—. Yo voy para allá. Pero créame, usted no querrá ir, le conviene seguir viaje.

—¿Y por qué debería seguir viaje? —pregunté.

El hombre se dio vuelta y se quedó mirando un

cuervo que volaba detrás de la camioneta. No entendí por qué lo hizo.

—Nadie vive ahí. Arroyos es ahora un pueblo desierto —respondió.

—¿Para qué va usted a un lugar desierto? – le pregunté.

El hombre volvió a fijarse en el cuervo. Noté que dudaba sobre si responderme o no. Me miró como si tomara fuerzas para hablar. Entonces me contó la historia. Arroyos era un pueblo muy tranquilo, de apenas trescientos habitantes. En las afueras, camino al cementerio, había un campo de margaritas y en este campo se erguía un sauce. La gente le atribuía poderes milagrosos a aquel viejo árbol. La primera que aseguró haber sido beneficiada por ese poder fue la esposa del panadero, doña Amelia; el sauce, decía, le había curado el reuma. Como muestra de agradecimiento, ella había atado un moño rojo a una rama. Esta práctica se convirtió en costumbre. Las personas del lugar pedían un favor y luego lo retribuían con un moño rojo.

—¡Qué superchería! —exclamé yo, interrumpiendo su relato.

—No —respondió Mateo—. Vea mis ojos. Yo nací ciego. El sauce me dio la vista. A partir del día de mi curación, todos creyeron. Hasta el Padre Faustino empezó a hablar en sus sermones de los prodigios del árbol bendito. La gente se apiñaba en el campo de margaritas para visitar al sauce. Todo el pueblo estaba ahí. Y ya no pedían sólo por curaciones. Cuando los asuntos de salud estuvieron resueltos, empezaron a pedir por sus cosechas, sus amores y todo tipo de deseos relacionados más con la prosperidad que con la urgencia. El árbol cumplió estos deseos también. Todo marchaba muy bien, exceptuando algunos casos en los que surgieron deseos contrapuestos. Arroyos era probablemente el pueblo más feliz sobre la tierra.

—¿Entonces por qué ya nadie vive allí? —pregunté.

—Un buen día, el campo de margaritas amaneció vallado y custodiado por algunos forasteros armados. Don Honorio, un estanciero de la zona, reclamaba esas tierras y no dejaba entrar a nadie. Según algunos rumores que corrían por el pueblo, Don Honorio tenía pensado sacar el sauce y trasplantarlo a otra propiedad. Los vecinos se reunieron y decidieron recuperar el árbol por la fuerza, porque ya no sabían cómo vivir sin él. El problema se resolvió con las armas, sin mediar ninguna conversación. Al final, los vecinos recuperaron su fuente de milagros, pero a cambio de una pelea brutal. La sangre llegó hasta las raíces del sauce. A partir de ese punto, todo fue un desastre.

El sauce había castigado al pueblo y sus habitantes. La tierra se convirtió en cenizas, trayendo miseria y hambre. Luego llegaron los cuervos; arribaron una noche desde el oeste y se posaron en las ramas del árbol. Eran sus ojos, le informaban lo que veían. Hostigaban constantemente a la gente de Arroyos, dándole así poder al sauce sobre sus vidas. Finalmente, los deseos pedidos se volvieron contra sus destinatarios, causando verdaderas tragedias. Aquellos que habían quedado con vida abandonaron el pueblo.

Me di vuelta en ese momento, y vi que el cuervo que me había señalado Mateo seguía allí. De repente, se elevó y se perdió de vista.

—¿Por qué su deseo no se volvió en su contra? —le pregunté—. Usted aún ve.

—Mi castigo es no poder dejar de ver. Hace meses que no tengo un momento de oscuridad, aun cuando cierro los ojos, y a pesar de la ausencia de luz. Me estoy volviendo loco. Quiero recuperar mi ceguera. Por eso vuelvo al pueblo. Voy a cortar el sauce.

Decidí acompañarlo. Salimos de la ruta y avanzamos por un camino de tierra, hasta que cruzamos un arco con la inscripción "Bienvenidos a Arroyos". Se había nublado, a pesar de que hacía un agradable día de sol antes de llegar al pueblo. Seguimos por la calle principal y pasamos por la plaza. Parecía haber sido un pintoresco pueblito en otro tiempo, pero, tal como había mencionado Mateo, estaba completamente desierto. Al llegar a la estación de trenes, nos detuvimos. Él bajó, tomó un hacha que llevaba en la caja de la camioneta y cruzó las vías. Yo lo seguí. Nuestros pies se hundían al caminar sobre aquel suelo negro de cenizas. El panorama era desolador. No había ni siquiera un perro flaco en aquella estación. Más adelante se veía claramente el sauce; cientos de cuervos descansaban sobre sus ramas y cientos de cintas rojas atadas eran movidas suavemente por la brisa.

Avanzamos hacia el árbol lentamente, a través del campo de cenizas. Se podía sentir su presencia en el lugar. Era algo inquietante. Los cuervos nos miraban fijamente. Un viento de tormenta se levantó cuando Mateo se paró frente al sauce, y los cuervos se alejaron con fuertes graznidos. Mateo levantó el hacha sobre el hombro y se preparó a cortar el tronco. Cuando finalmente descargó el primer golpe, erró su objetivo y cayó al suelo. Se había quedado ciego nuevamente. Me acerqué y me apresuré a levantarlo porque la furia del viento era ya insoportable y debíamos irnos lo antes posible. A pesar de la nube de cenizas que nos envolvía, me las arreglé para encontrar la camioneta y ayudar a Mateo a llegar a ella. Tan pronto como salimos del pueblo, el viento feroz quedó atrás.

Ningún cuervo nos siguió. Conduje por el mismo camino por el que habíamos llegado, y dejé a Mateo en su casa. Había perdido la vista, pero eso era lo que él quería. Cuando me alejé, estaba durmiendo. Era la primera vez que lo hacía en meses.

ÍNDICE

Javier Esteban González Andújar

Escritor y editor de noche, data developer de día. Cursó estudios incompletos de Ingeniería Aeronáutica en la UTN y de Licenciatura en Sistemas en la Universidad CAECE. Escribe profesionalmente desde 2006. Fundó el sello editorial Finales Cerrados en 2012. Sus textos fueron premiados en 25 certámenes literarios de Argentina, Cuba, EE.UU., España, México, Suiza y Uruguay, entre los que destacan:

• Premio Platero – Mención de Honor (Club del libro en Español de la ONU, Suiza, 2009).

• Premio Ciudad de Buenos Aires– Mención de Honor (Fundación El Libro, Argentina, 2009).

• I Concurso Internacional de Relato Corto Caños Dorados – 1er Premio (España, 2010).

• Premio Miguel Hernández – 1er Premio (Argentina, 2011).

• II Certamen de Relato Breve Colombre – 1er Premio (España, 2015).

Sus escritos fueron publicados en 18 libros por editoriales de Argentina, EE. UU., España y México, destacándose:

• Antemeridiano (Finales Cerrados, Argentina, 2012; 2015).

• El biógrafo (Colombre, España, 2016).

• Historias y mitos de barrios de Buenos Aires (Fundación El Libro, Argentina, 2009).

• Los entierros imposibles (Stomberg, España, 2009).

• Mundos en Tinieblas (Galmort, Argentina, 2009).